我在孔庙
读经典

在《诗经》中感知四季

杭州西湖国学馆
杭州市文物遗产与历史建筑保护中心
编著

红旗出版社

"我在孔庙读经典"编委会

主　编：金霄航

副主编：周媛媛　　方　琦　　王筱杰　　姚　瑶

编　委：胡　骁　　连珏艳　　赵丽君　　郎爱萍

　　　　王晨晨　　谢亚玲　　杜莹莹　　韩亚凤

《诗经》是一本什么样的书？

《诗经》，是中国最早的诗歌总集，相传为孔子所编订。《诗经》收集了西周初年至春秋中叶的诗歌，共311篇（其中6篇为笙诗。笙诗只有标题，没有内容）。

《诗经》的名字是怎么来的？

在孔子生活的时代，《诗经》被称为《诗》或《诗三百》。

由于秦始皇焚书坑儒，至汉代保存下《诗经》的仅有四家：鲁人申培所传的《鲁诗》，齐人辕固所传的《齐诗》，燕人韩婴所传的《韩诗》，鲁人毛亨、赵人毛苌传下的《毛诗》。其中前三家都先后失传，我们现在读的《诗经》，便是《毛诗》。

汉代，汉武帝"罢黜百家，独尊儒术"，将孔子所整理过的书称为"经"，《诗》也被朝廷正式奉为儒家经典，于是有了《诗经》之名，并沿用至今。

《诗经》有哪些内容？

　　《诗经》分为《风》《雅》《颂》三个部分。

　　■《风》，包括十五国风，共160篇，主要为地方风土歌谣。

　　■《雅》，包括《大雅》31篇、《小雅》74篇，主要为王畿之乐。王畿，指王城周围千里的地域。雅，有正的意思。由于当时把王畿之乐看作是正声，即雅正的音乐，故以此为名。

　　■《颂》，包括《周颂》31篇、《商颂》5篇、《鲁颂》4篇，主要为宗庙祭祀音乐。

《诗经》的作者是谁？

除了周王朝中央地区产生、流传的乐歌，那些各诸侯国的歌谣是如何汇集过来的呢？

一种说法是"采诗说"，认为周王朝派专门的采诗人到民间搜集歌谣，晓民情、观风俗、知得失。据说，周代设有采诗的专官，叫作"酋人"或"行人"，到民间采诗。

另一种说法是"献诗说"，认为各国的歌谣是在天子巡狩时由诸侯献给天子的。

总之，无论是通过什么途径采集，这些歌谣最后在周王室的乐官那里，被逐渐收集保存下来。经过加工整理，这些诗歌的形式、语言逐渐成为大体一致的样子。

《诗经》讲了哪些事？

　　《诗经》中的诗篇反映了现实的世界和日常的生活与经验。

　　其中有婚恋、家庭之诗，如《关雎》《南山》；

　　有交友或宴请之诗，如《木瓜》《鹿鸣》；

　　有活泼的劳动之诗，如《芣苢》《十亩之间》；

　　有送别或思念之诗，如《二子乘舟》《采葛》；

　　有残酷的战争之诗，如《击鼓》，或同仇敌忾的战争之诗，如《无衣》；

　　有感叹国家兴亡衰败之诗，如《黍离》；

　　有美好的赞颂之诗，如赞美高大威猛的仁善猎人的《卢令》，赞颂品行高洁、快乐的隐士的《考槃》，赞美为天子管理鸟兽的小官吏或猎人的《驺虞》，赞颂周文王的《思齐》；

　　有充满希望的祈祷、祝愿之诗，如祈祷多子多孙的《螽斯》，祈祷幸福美满婚姻的《桃夭》；

　　有祭祀的祭歌，如《丰年》；

　　⋯⋯⋯⋯⋯⋯

在《诗经》中感知四季变迁，
体会音韵之美

感知力，是人类最重要，也是最美好的能力之一。

我们用眼睛去看，用耳朵去听，用手触摸，用心感受——

感知四季变迁，感知自然物语，更重要的是，感知幸福，感知美。

在本辑的旅途中，我们将通过四首风格主题各异的小诗歌，初识《诗经》的魅力。

选给孩子们的诗

    《诗经》的内容丰富多样，我们挑选出富有代表性的篇目，篇目选择标准主要立足于以下三点：

    1. 贴近孩子的接受能力。多倾向语句简短、音韵和美、内容单纯、情感明晰的篇章。

    2. 有助于孩子的健康情感养成。带领孩子们感知世界，理解人世，习养礼仪，学会深入思考问题。

    3. 内容尽量多元。既有缠绵悱恻的阴柔平和之作，也有孔武有力的阳刚慷慨之诗，让孩子们能获得多种文化熏陶。

序

　　杭州孔庙是宋元明清四朝府学所在地，曾在 1142 年被增修为南宋最高学府——太学，在杭州历史上具有重要地位。自 2008 年复建开放以来，杭州孔庙依托丰富的馆藏碑刻资源，与杭州西湖国学馆一起探索实践，持续推出针对青少年启蒙教育的系列生动课堂，深受孩子们的喜爱，也颇得家长们的好评。现将系列启蒙教育的部分成果加以整理，以期让更多的家庭共飨优秀传统文化的精华。

　　"我在孔庙读经典"系列图书以传统经典为核心内容，从诵习经典入手，穿插天文地理、鸟兽虫鱼、礼仪习养、文字文学、历史风俗等多模块知识，为小读者提供丰富有趣的文化体验。

　　在杭州孔庙读经典，与您一起慢慢推开通往中华优秀传统文化的大门。

　　我们首选《诗经》的内容作为该系列的起始篇，是因为《诗经》不光是先秦社会生活百科全书，同时也是蒙学著作，为孔夫子所重视。《论语》有云："不学诗，无以言。"孔子常常引用《诗经》的原文来引导学生。

　　《诗经》的内容延至后世，至今日，其教导意义更为丰富。"诗"可以培养孩子"兴（联想）""观（观察）""群（交友）""怨（评论）"等多方面能力，教授孩子草木鸟兽之名和优良礼仪，从而引导孩子形成君子品格。

　　品读经典，感悟古人眼中的万物与自然，领悟中华民族优秀传统文化。让孩子们在经典中获得些许艺术熏陶与心性培养，便是我们编者的初心。

金霄航

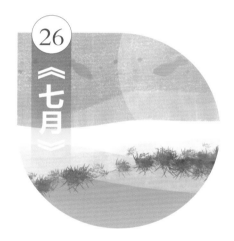

古人对世界如何感知并表达？

这些话语在今天竟也毫不过时？

一起在字里行间追寻这穿越千年的脉动吧！

国风·周南·桃夭
guó fēng　　zhōu nán　　táo yāo

táo zhī yāo yāo　　zhuó zhuó qí huā　　zhī zǐ yú guī　　yí qí shì jiā

桃之夭夭，灼灼其华。之子于归，宜其室家。

táo zhī yāo yāo　　yǒu fén qí shí　　zhī zǐ yú guī　　yí qí jiā shì

桃之夭夭，有蕡其实。之子于归，宜其家室。

táo zhī yāo yāo　　qí yè zhēn zhēn　　zhī zǐ yú guī　　yí qí jiā rén

桃之夭夭，其叶蓁蓁。之子于归，宜其家人。

 字词注释

夭夭：茂盛的样子。

灼灼：色彩明艳的样子。

华：古"花"字。

之子：之，这个；子，出嫁的女子。

于归：古代称女子出嫁叫"于归"。

宜：善，相处得宜。

室家、家室、家人：都是指家庭、家人。

有：助词，起到补足音节的作用，无义。

蕡：草木果实繁盛貌。也有人说是"斑"的假借字，形容果实将熟、红白相间的样子。

蓁蓁：枝叶繁茂的样子。

茂盛的桃树，开满明艳的桃花。这位姑娘要出嫁，夫妻美满又安乐。

茂盛的桃树，结满肥硕的桃子。这位姑娘要出嫁，早生贵子后嗣旺。

茂盛的桃树，长满浓密的桃叶。这位姑娘要出嫁，家族美满又和睦。

这是一首祝贺新娘出嫁的诗。

春天明艳盛开的桃花，就像美丽的新娘；桃花孕育出满树的桃子，就像新娘养育很多孩子；茂盛繁多的桃叶，就像欢乐的大家庭。

古人写下这首诗，赞美新娘美丽的容貌，祝福她与家人和睦相处、大家庭美满幸福。全诗欢快明亮，充满着生命力。

 "桃之夭夭，灼灼其华"

桃花　选自《诗经名物图解》

桃花，古人亦作"桃华"，花期在仲春。

桃花的花梗极短或没有花梗，花色有粉、白、红等，花朵几乎贴着树枝开放，新叶细长如燕尾。

桃花是中国传统文化中最具春天代表性的花。看到鲜艳的桃花，就仿佛看到了生机盎然的春天，古人常将它写进诗里。后世用桃花比喻美丽的女子，也正是从《桃夭》开始的。

桃花流水　世外桃源

渔歌子·西塞山前白鹭飞

〔唐〕张志和

西塞山前白鹭飞，桃花流水鳜鱼肥。

青箬笠，绿蓑衣，斜风细雨不须归。

惠崇春江晚景（其一）

〔宋〕苏轼

竹外桃花三两枝，春江水暖鸭先知。

蒌蒿满地芦芽短，正是河豚欲上时。

大林寺桃花

〔唐〕白居易

人间四月芳菲尽，山寺桃花始盛开。

长恨春归无觅处，不知转入此中来。

人面桃花

《桃夭》之后千年，唐代也有一首以桃花喻美人的名篇。你能体会到诗中不一样的情感吗？

题都城南庄

〔唐〕崔护

去年今日此门中，人面桃花相映红。
人面不知何处去，桃花依旧笑春风。

据说唐代时，一位名叫崔护的诗人在京城游览，在一个院子里遇到一位美丽善良的女子，心动不已。来年他再次到访，却已物是人非，找不到旧人的踪迹。他因而写下了这首绝句，以去年和今日场景作对比，表达心中的遗憾与惆怅，纪念那场桃花树下的相逢。

于归

"之子于归"

　　古时候，女子出嫁叫作"于归"（或是单称"归"），有嫁入夫家、到达归宿的意思。

　　"归"字最早的字形，也可能和"拿着扫帚做家务的女子"有关。

　　人们常用"于归之喜"表示女子出嫁之喜的意思，这个用法也正是来源于《诗经》。今天我们在很多婚礼贺词上还能看到这个词呢。

 古代婚礼

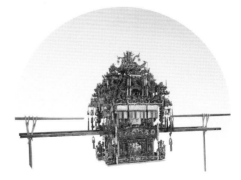

清　金箔贴花花轿（万工轿）

浙江省博物馆藏

一树繁花、满目春光，此时和桃花一样明媚的女子要出嫁啦。从古至今，婚礼都是人一生中最隆重的仪式之一，也是最幸福美好的时刻。大家向新娘送出真诚的赞美和祝福，祝福新人永结同好，大家族福禄成荫、子孙满堂。

你感受到诗中蓬勃的生命力量了吗？

感受到古人对家庭和美的向往了吗？

国风·周南·螽斯
guó fēng　zhōu nán　zhōng sī

螽斯羽，诜诜兮。宜尔子孙，振振兮。
zhōng sī yǔ　shēn shēn xī　yí ěr zǐ sūn　zhēnzhēn xī

螽斯羽，薨薨兮。宜尔子孙，绳绳兮。
zhōng sī yǔ　hōng hōng xī　yí ěr zǐ sūn　mǐn mǐn xī

螽斯羽，揖揖兮。宜尔子孙，蛰蛰兮。
zhōng sī yǔ　jí jí xī　yí ěr zǐ sūn　zhé zhé xī

字词注释

螽斯：蝗虫、蝈蝈之类的小昆虫。

羽：螽斯的翅膀。

诜诜：众多的样子。

宜：多。也有说善，意为使子孙贤能。

尔：你。

振振：兴旺而众多的样子。

薨薨：象声词，螽斯群飞的声音。

绳绳：延绵不断的样子。

揖揖：众多螽斯汇聚的样子。

蛰蛰：聚集而和谐的样子。

蠡斯展翅膀，群集沙沙响。您的子孙啊，有为又兴旺。

蠡斯展翅膀，嗡嗡叫得响。您的子孙啊，绵延又昌盛。

蠡斯展翅膀，聚会唧唧响。您的子孙啊，安定又和谐。

这是一首祈愿家族兴旺、子女有为的诗。

全诗共三章，每章的前两句描写蠡斯群集、虫鸣阵阵的热闹景象，后两句蕴含着家族兴旺、子女有为的美好祝愿。其中大部分歌词都是相同的，叠咏复沓，便于歌唱。

非常有趣的是，诗中变换了六组叠词，奇妙地模仿出了蠡斯群飞的声音和样子。当我们读到这些词语的时候，就自然而然能感受到子孙绵延、家族兴旺的快乐呢！

 "螽斯羽"

螽斯　选自《诗经名物图解》

《诗经》中的螽斯，我们认为是蝗、蝈蝈一类的小昆虫。这类昆虫的颜色一般呈草绿色、黄褐色，便于隐藏自己、捕猎食物、躲避天敌。

它们身上通常长着两根细长呈丝状的触角，这是它们的感觉器官之一，还有一对强壮的大长腿，能在草间轻盈跳跃。

蝨斯的形态

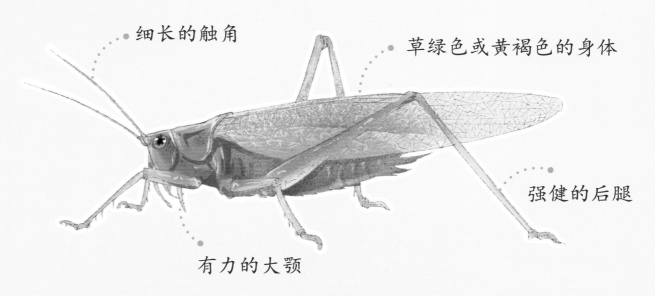

细长的触角

草绿色或黄褐色的身体

强健的后腿

有力的大颚

《诗经》中的蝨斯究竟是今天的哪一种小昆虫？
这个问题并没有十分确凿的定论。

它很有可能就是一类昆虫的总称，包含着古人
眼里各式各样和蝗形态相似的昆虫。

在现代的生物学分类中，"蝨"和"蝗"的种属并
不相同，但在古代它们很可能是相通的。

螽斯门

"（螽斯）一生九十九子。"古人的传言，生动表现了螽斯极强的繁殖能力。据说，这类昆虫一次就可以产下九十九子，一年能产两代到三代。也正因此，螽斯成为多子多孙的象征。在中国人看来，其乐融融的大家庭代表着美好与希望。

故宫螽斯门

很多中国古代建筑的命名灵感来自《诗经》。北京的故宫博物院里，就有一道"螽斯门"。用"螽斯"来为这道门命名，意在祈盼皇室多子多孙，带有"王朝能够永远延续下去"的吉瑞之意。

古代吉祥图案

　　除了建筑的名字，建筑和器物上的装饰花纹，也有着丰富的内涵。它们不仅仅起到美化的作用，更蕴含着种种吉祥的寓意，寄托着人们的追求与向往。

　　生活中我们能发现很多以石榴、葫芦等植物为主体的吉祥图案。

　　这一类的植物为什么会受到古人的青睐呢？

　　原来是因为它们"多籽"的特性能用来比喻"多子"。和《螽斯》这首诗一样，这些果实累累的图案代表着古人对家族的美好祝愿。

夏天的傍晚，螽斯大家族成群结队地聚在一起，它们飞起来的时候，我们能听到无数翅膀扇动发出的声音——沙沙沙，嗡嗡嗡。这让人们不由得想到：呀，要是家族也像这样子孙众多、兄弟姐妹们齐聚一堂，多好啊！

　　中华民族非常重视家族传承，多子多福是中国传统中非常朴素的愿望。虽然在现代社会，古代"多子多福"

的观念已经随着时代而改变，但是这份珍视亲情、希望家族越来越好的感情，随着丰富的吉祥图案一同延续在我们今天的生活中。

　父母对子女后代的牵挂与祝福、子女对父母的感恩之心，这在所有的时代中都是最朴素也最闪亮的情感吧。

《蒹葭》

国风·秦风·蒹葭
guó fēng · qín fēng · jiān jiā

蒹葭苍苍，白露为霜。所谓伊人，在水一方。
jiān jiā cāngcāng, bái lù wéi shuāng, suǒ wèi yī rén, zài shuǐ yī fāng

溯洄从之，道阻且长。溯游从之，宛在水中央。
sù huí cóng zhī, dào zǔ qiě cháng, sù yóu cóng zhī, wǎn zài shuǐ zhōng yāng

蒹葭萋萋，白露未晞。所谓伊人，在水之湄。
jiān jiā qī qī, bái lù wèi xī, suǒ wèi yī rén, zài shuǐ zhī méi

溯洄从之，道阻且跻。溯游从之，宛在水中坻。
sù huí cóng zhī, dào zǔ qiě jī, sù yóu cóng zhī, wǎn zài shuǐ zhōng chí

蒹葭采采，白露未已。所谓伊人，在水之涘。
jiān jiā cǎi cǎi, bái lù wèi yǐ, suǒ wèi yī rén, zài shuǐ zhī sì

溯洄从之，道阻且右。溯游从之，宛在水中沚。
sù huí cóng zhī, dào zǔ qiě yòu, sù yóu cóng zhī, wǎn zài shuǐ zhōng zhǐ

 字词注释

蒹葭：一种水草，通常指芦苇。苍苍：灰绿色，或是繁盛的样子。

伊人：伊，指示代词。伊人，即那个人。

一方：一旁，那一边。

溯洄：逆流而上。溯游：顺流而下。

萋萋：茂盛的样子，也作"凄凄"。

晞：晒干。湄：水与草交接处，即岸边。

跻：升，高起。坻、沚：水中沙洲。

采采：茂盛的样子。

涘：水边。右：迂回，弯曲。

河边芦苇色青苍，夜来白露凝成霜，我所寻者在岸旁。

逆流而上，道长路险心忧伤。顺流而下，那人似在水中央。

河边芦获密又繁，昨夜露水尚未干，我所寻者在岸边。

逆流而上，道长路险攀登难。顺流而下，那人似在水中滩。

河边芦获密稠稠，清晨露水未全收，我所寻者在水边。

逆流而上，道长路险难寻求。顺流而下，那人似在水中洲。

　　这是一首描写追寻秋水伊人、表达思念与怅惘的诗篇，是《诗经》最广为人知的篇章之一。

　　在一个结着秋霜的早晨，诗人来到了郊外的河边寻找心中的伊人。放眼望去，白茫茫一片，蒹葭苍苍，如雾如梦。露水寒凉，秋水漫漫，诗人逆流而上，又顺流而下，奋力去追寻，却始终寻而不得。

　　诗中的主人公是谁？"伊人"又是谁？从古至今都没有确凿的说法。河水阻挡着古人的交通往来，人们希望突破自己，希望与人交流。那"伊人"也许是朋友，也许是分离的兄弟姐妹，也许是更遥远的东西。让我们跟随诗歌追寻的步伐，感受这份憧憬、惆怅、失落与执着。

"蒹葭苍苍"

葭　选自《诗经名物图解》

蒹葭，指的就是芦苇，生长在浅水中、水岸边。

• 美景　在开花季节特别漂亮，可供观赏。

• 环保　根茎发达，能够稳固水边堤坝。还能吸收水中的磷元素，起到抑制蓝藻泛滥的作用。

• 中医　具有清热生津等医疗功效，主治热病烦渴、胃热呕吐等。

• 造纸　茎秆坚韧，纤维含量高，是造纸工业中不可多得的原材料。

芦苇的四季色彩

●春天的芦苇，嫩芽儿随着春风冒出来，节节拔高。远远望去，绿油油充满生机。

●夏天的芦苇，郁郁葱葱，茂密繁盛，迎着烈日，亭亭玉立。

●秋天的芦苇，满身金黄，白茫茫的芦花像是仙鸟的翅膀。秋风吹过，摇曳朦胧。

●冬天的芦苇，覆雪白头，干枯的身子伫立着，寒风吹得飘逸的芦花变成了灰色。

白露

"白露为霜"

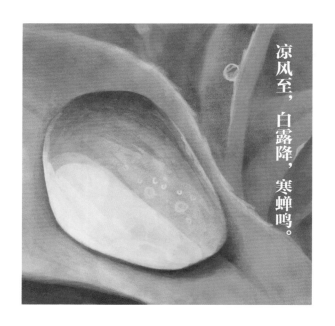

凉风至，白露降，寒蝉鸣。

白露，秋季的第三个节气，代表着孟秋结束和仲秋开始。

· 白露前后，夏日的暑气逐渐消退，天气渐渐变凉，是一年中昼夜温差最大的节气。

· 强大的温差导致露水加厚，挂在草叶上，变为一层层白色的水滴。古人以五行对应四季，秋季属金，金为白色，所以就把秋季的露水称为白露。

· 白露时节，鸿雁从北向南飞，候鸟们开始为过冬准备迁徙，而农民伯伯们则在此时忙着秋收。

露和霜

　　露和霜形成的原因和过程是一样的，都是空气中的相对湿度达到很高的程度时，水分从空气中析出而凝结的现象。

　　它们的差别在于，变成霜需要的外界温度，要远远低于变成露水的温度。只有近地表的温度低于 0℃时，才会结霜哦。

略有寒意的深秋清晨，日出以后，
"白露"将从霜的状态，慢慢蒸发，直至消失：

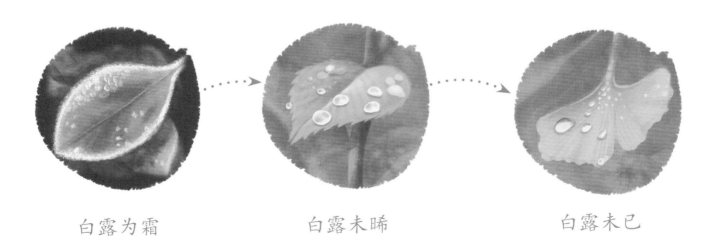

白露为霜　　　　　　　白露未晞　　　　　　　白露未已

秋天到来的时候，我们不妨去河边找一找苍苍的芦苇，在上学路上蹲下来看一看路边草丛里挂着的露珠，不妨和亲人朋友们聊一聊，你们心中的伊人是谁，是亲人、朋友，还是心中的某个目标和梦想。

　　如果我们心中有惦念的"伊人"，就能感受到那种若远若近的距离，虽然让人感到焦灼，但也同时让人充满希望和期待！这大概正是《诗经》要体现的恰到好处的中和之美吧。

国风·豳风·七月（节选）
guó fēng · bīn fēng · qī yuè

五月斯螽动股，六月莎鸡振羽。
wǔ yuè sī zhōng dòng gǔ　liù yuè suō jī zhèn yǔ

七月在野，八月在宇，九月在户，
qī yuè zài yě　bā yuè zài yǔ　jiǔ yuè zài hù

十月蟋蟀入我床下。
shí yuè xī shuài rù wǒ chuáng xià

穹窒熏鼠，塞向墐户。
qióng zhì xūn shǔ　sāi xiàng jìn hù

嗟我妇子，曰为改岁，入此室处。
jiē wǒ fù zǐ　yuē wéi gǎi suì　rù cǐ shì chǔ

 字词注释

斯螽：也叫螽斯，蝗一类的小昆虫。

动股：是说斯螽通过摩擦两腿发出声音。股，大腿。

莎鸡：一种昆虫，又叫纺织娘。

振翅：摩擦翅膀发出声音。

宇：屋檐。此处指屋檐下。

穹窒：穹，打扫。窒，堵塞。

熏鼠：用烟熏走老鼠。

向：朝北的窗户，冬天要把它塞起来。

墐：用泥涂抹（塞住门的缝隙）。

改岁：更改年岁，指过年。

五月螽斯弹腿响，六月莎鸡抖振忙。

七月蟋蟀在田野外，八月来到屋檐下。

九月蟋蟀进我门，十月钻到我床下。

打扫屋角熏老鼠，塞住北窗糊门缝。

喊我妻儿把年过，岁末将至入屋来。

《七月》是一首内容非常丰富的农事诗，记录了古代农民一年四季的劳动生活，也是《诗经》中最长的一首诗。蚕桑、嫁娶、狩猎、典礼、习俗……一幅幅朴质生动的古代农耕生活画卷缓缓向我们展开。

节选的章节，从五月春夏说到十月秋冬，一直到过年时分。敏锐的诗人似乎和小小的昆虫做了好朋友，数月间，听到它们的叫声从窗外的草丛移动到屋檐下，再到屋内，最后到床下，越来越近。全诗语言质朴又灵动，趣味盎然。

气温冷暖、草木荣枯，时间的印记悄悄留在大自然中，人类的生活也与此息息相关。让我们随着诗歌一起，感知身边气候物象的转换，感知大自然的神奇吧。

"斯螽动股""莎鸡振羽"
"蟋蟀入我床下"

诗歌前半部分的主角，是三种常见的小昆虫——斯螽、莎鸡和蟋蟀。

它们究竟是谁？让我们一起来认识它们吧！

螽斯　选自《诗经名物图解》

斯螽，其实也叫螽斯。在前面的《螽斯》篇里，我们已经认识了这位好朋友，就是蝗一类的小昆虫。

莎鸡　选自《诗经名物图解》

　　莎鸡会发出"轧织、轧织"的鸣声，就好像纺织的声音，所以又名"纺织娘"。

　　它们的身体一般呈绿色或褐色，看上去很像一个侧扁的豆荚。触角比身体还长，有着健壮的后腿和适合飞行的翅膀。

蟋蟀　选自《诗经名物图解》

　　古人又称蟋蟀为"促织"，俗名"蛐蛐儿"。它们的身体一般呈黄褐色或黑褐色，有长长的触角。后腿强壮，擅长跳跃。

　　蟋蟀有好斗的习性，人们把它们养起来，就像培养自己的将士一样，让它们在"战场"上搏斗定输赢。

找不同

生活中，你见过这三种小昆虫吗？它们有什么区别呢？

蝗虫　　　　　　　　　蟋蟀　　　　　　　　　纺织娘

我们可以从这些角度来仔细观察、对比分辨：

看个头体型	谁的体型比较大？
看触角的长短	谁的触角最长？
看颜色	绿色、褐色还是黑色？
听叫声	谁的鸣叫很有特点？
看生活场所	草地上，石头地里，还是土房子中？
看饮食	只吃草，还是吃杂食？

二十四节气

《七月》这首诗按时间顺序展开叙事，为我们展现了古人应时节而动的生活面貌。

而随着古代天文探究的发展，人们对一年中时令变迁的把握越来越精准和细致，从而逐渐形成完备的二十四节气体系。

一年中什么时候播种？什么时候收获？

什么时候雨水多？什么时候天最冷？……

古代的农耕生活与大自然息息相关。

勤劳又智慧的古人通过长期观察天气、温度、动物等等大自然的变化，洞悉时光的脚步，总结出科学的规律，用以指导农耕生产和日常生活，这份智慧的结晶就是"二十四节气"。

在国际气象界，二十四节气被誉为"中国的第五大发明"。2016 年，二十四节气被正式列入联合国教科文组织人类非物质文化遗产代表作名录。

随着几千年的发展，二十四节气应用早已不再局限于农业生产领域，而是深深地印刻在我们的文化基因之中。时至今日，我们仍然受它影响过着各种节日，比如清明时节，家家插柳枝、扫墓、祭先祖；又如在冬至日，北方吃饺子、南方吃汤圆；等等。

　　下面，就让我们一一来认识这些各具韵味的节气吧。

七十二候

春

立春

东风解冻，

蛰虫始振，

鱼陟负冰。

雨水

獭祭鱼，

鸿雁来，

草木萌动。

惊蛰

桃始华，

仓鹒鸣，

鹰化为鸠。

春分

玄鸟至，

雷乃发声，

始电。

清明

桐始华，

田鼠化鴽，

虹始见。

谷雨

萍始生，

鸣鸠拂羽，

戴胜降于桑。

立夏

蝼蝈鸣，

蚯蚓出，

王瓜生。

小满

苦菜秀，

靡草死，

麦秋至。

芒种

螳螂生，

鵙始鸣，

反舌无声。

夏

夏至

鹿角解，

蜩始鸣，

半夏生。

小暑

温风至，

蟋蟀居壁，

鹰始挚。

大暑

腐草为萤，

土润溽暑，

大雨时行。

秋

立秋
凉风至，
白露降，
寒蝉鸣。

处暑
鹰乃祭鸟，
天地始肃，
禾乃登。

白露
鸿雁来，
玄鸟归，
群鸟养羞。

秋分
雷始收声，
蛰虫坯户，
水始涸。

寒露
鸿雁来宾，
雀入大水为蛤，
菊有黄华。

霜降
豺乃祭兽，
草木黄落，
蛰虫咸俯。

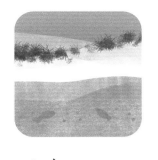

立冬

水始冰，

地始冻，

雉入大水为蜃。

小雪

虹藏不见，

天气上升，

闭塞成冬。

大雪

鹖鴠不鸣，

虎始交，

荔挺出。

冬

冬至

蚯蚓结，

麋角解，

水泉动。

小寒

雁北乡，

鹊始巢，

雉始雊。

大寒

鸡始乳，

征鸟厉疾，

水泽腹坚。

《七月》中的生活场景是如此让人感到亲切，即便相隔千年，也仍仿佛发生在我们身边。那时没有高楼大厦，人们与自然亲密接触，随着自然界的变化来安排自己的生活，心情也随着自然万物的变化而起伏着。虽然现代科学技术和生产能力的进步已让人类的生活发生了翻天覆地的变化，但是大家仍不应忘记，我们依然生活在大自然中，我们的身上烙印着深刻的自然痕迹。用你善于发现的眼睛、敏锐的感知，去发现自然、尊重自然、热爱自然吧！

附录

几点说明

1. 诗无达诂

在离《诗经》不远的汉代就已有"诗无达诂"的说法，意思是《诗经》没有确切的释义，常常因人因时产生不同的意思。古往今来对《诗经》的解读数不胜数，因而很难说有标准释义。本系列读物的解诗原则如下：以古今重要注解和研究著作为本，听取学术顾问的建议，在不违背诗义大方向的前提下，**以适合孩子、适宜引导、贴近生活为标准**作阐释和延伸。若与其他教材和读物有所出入，在严谨性前提下，读者们可包容兼听。

2. 部分读音

汉字的读音在漫长的发展过程中早已有了好几轮的变化，这也经常引起争议。本书注音基本选取学术界广泛认可的读音，部分有争议处在注释里标出，正文注音的选取标准是便于孩子理解或是和当下教科书一致。部分字词的释义也是同样。

3. 名物争议

《诗经》中有大量鸟兽草木虫鱼之名，有很多在今天已难分辨究竟为何物。本书在文化拓展部分的名物插图，大部分选自绘制精美的彩绘古籍《诗经名物图解》（日本江户时代的儒学者细井徇撰绘），可作为参考。对有明显争议的名物，我们也在文中有所说明。大可让孩子们在事实的基础上发挥想象力，多多探索可能的世界。其他插画均是根据诗意所绘的参考示意图，便于孩子阅读和理解；还有少量图片选用了合适的公开资料。

图书在版编目（CIP）数据

在《诗经》中感知四季 / 杭州西湖国学馆，杭州市
文物遗产与历史建筑保护中心编著 . -- 北京：红旗出
版社，2023.12
　（我在孔庙读经典）
　ISBN 978-7-5051-5364-6

　Ⅰ . ①在… Ⅱ . ①杭… ②杭… Ⅲ . ①《诗经》—少
儿读物 Ⅳ . ① I222.2

　中国国家版本馆 CIP 数据核字（2023）第 198205 号

书　　名　在《诗经》中感知四季
编　　著　杭州西湖国学馆　杭州市文物遗产与历史建筑保护中心

责任编辑　丁　銎　　　　　　　　　　丛书名题字　陈雷激
责任校对　吕丹妮　　　　　　　　　　版 式 设 计　高　明　谢敏婕
责任印务　金　硕
出版发行　红旗出版社
地　　址　北京市沙滩北街2号　　　　　邮政编码　100727
　　　　　杭州市体育场路178号　　　　邮政编码　310039
编辑部　0571-85310806　　　　　　　发 行 部　0571-85311330
E－mail　rucdj@163.com
法律顾问　北京盈科（杭州）律师事务所　钱　航　董　晓
图文排版　浙江新华图文制作有限公司
　　　　　杭州市拱墅区翼宝展示设计工作室
印　　刷　浙江新华印刷技术有限公司
开　　本　889 毫米 ×1194 毫米　　　　1/16
字　　数　44 千字　　　　　　　　　　印　　张　3.25
版　　次　2023 年 12 月第 1 版　　　　印　　次　2023 年 12 月第 1 次印刷
ISBN 978-7-5051-5364-6　　　　　　　定　　价　29.00 元